PAUL HIPPEAU

ROYAT

(PUY-DE-DOME)

PARIS

IMPRIMERIE ET LIBRAIRIE CENTRALES DES CHEMINS DE FER

IMPRIMERIE CHAIX

SOCIÉTÉ ANONYME AU CAPITAL DE SIX MILLIONS

Rue Bergère, 20

1888

ANALYSE DES SOURCES

SOURCES	St-MART (M. Truchot.)	St-VICTOR (M. Truchot.)	CÉSAR (M. Lefort.)	EUGÉNIE (M. Lefort.)
Débit en 24 heures . . . . .litres.	25.000	30.000	34.500	1.440.000
Température	31°	20°	29°	35°,5
Bicarbonate de soude	gr. 0.8003	gr. 0.8886	gr. 0.3920	gr. 1.349
— de potasse.	0.1878	0.2300	0.2860	0.435
— de chaux	0.9696	1.0121	0.6860	1.000
— de magnésie.	0.6508	0.6464	0.3970	0.677
— de fer.	0.0230	0.0560	0.0250	0.040
— de manganèse.	traces	traces	traces	traces
Sulfate de soude.	0.1463	0.1656	0.1150	0.185
Phosphate de soude	traces	traces	0.0140	0.018
Chlorure de sodium	1.5655	1.6497	0.7660	1.728
Iodure et Bromure de sodium.	traces	traces	traces	indices
Silice.	0.0945	0.0950	0.1670	0.156
Alumine et Matières organiques	traces	traces	traces	traces
Chlorure de Lithium (1), Lithine	0.0350	0.0350	0.0090	0.035
Arséniate de soude (2) du codex.	0.0013	0.0045	0.0007	non dosé
TOTAL des matières fixes.	4.4741	4.7829	2.8577	5.623
Gaz acide carbonique libre	1.709	1.492	1.229	0.377

(1) Truchot, 1875.   (2) École des Mines, 1878.

PAUL HIPPEAU

ROYAT

(PUY-DE-DOME)

PARIS

IMPRIMERIE ET LIBRAIRIE CENTRALES DES CHEMINS DE FER

IMPRIMERIE CHAIX

SOCIÉTÉ ANONYME AU CAPITAL DE SIX MILLIONS

Rue Bergère, 20

1888

ROYAT

PUY-DE-DÔME

Il est difficile de trouver une station réunissant à elle seule autant d'avantages que Royat.

Situé aux portes de Clermont-Ferrand, coquettement blotti dans son nid de verdure, au fond du délicieux vallon de Saint-Mart, heureusement protégé par les hauts monts qui l'environnent, jouissant du plus beau panorama de France, grâce à la trouée qui permet à la vue de s'étendre sur Clermont-Ferrand et, au delà, sur l'admirable plaine de la Limagne que ferment à plus de cent kilomètres les monts du Forez, placé sur cette grande artère qui relie Lyon à Bordeaux, possédant les plus riches sources minérales, Royat, après avoir arrêté jadis l'attention des Romains alors maîtres de la Gaule, est aujourd'hui au premier rang des stations thermales du monde, et cette station a conquis de nos jours la gloire dont jouirent autrefois les célèbres thermes d'*Augusto Nemetum* (Clermont).

Royat doit évidemment son nom à la couleur rougeâtre de la montagne de Gravenoire (dite montagne rouge) qui domine le village.

A travers les siècles, Royat s'est successivement appelé *Rubiacum, Rubiacensis, Raiac, Royac.*

Royat fut connu des anciens. Les restes d'un vaste établissement, découverts par hasard en 1882, ne laissent aucun doute à cet égard, et l'authenticité des Thermes romains mis aujourd'hui à jour est un fait acquis (1).

Le docteur Frédet, de Royat, a consacré à ces ruines une très intéressante notice, où nous n'hésitons pas à puiser les renseignements qui suivent :

Les piscines mises à nu se composent de bassins, ou piscines, au nombre de trois, de grandeur et de construction différentes, et d'un grand nombre de chambres ou pièces situées au delà des piscines.

---

(1) Les Thermes romains de Royat ont d'ailleurs été récemment classés parmi les monuments historiques.

La forme des piscines est rectangulaire.

La première a 10 mètres de long sur 7 m. 55 de large. Elle est munie de deux gradins circulaires et présente sur son côté occidental une retraite semi-circulaire. Ce bassin devait être luxueux si l'on en juge par la qualité du marbre blanc, le plus pur, qui formait le sol, les gradins et les pourtours.

Il ne devait, en outre, renfermer que de l'eau ordinaire, froide ou chaude, à cause de l'absence de dépôts minéraux observée sur les parois, tandis qu'on en retrouve en abondance sur les murs des autres piscines.

La seconde piscine, ou piscine centrale, de 6m50 de large sur 10m50 de long, est rectangulaire aussi. Elle n'offre pas des gradins circulaires comme les deux autres et présente seulement trois degrés pour permettre d'y descendre.

La troisième piscine a 16 mètres de long sur 8 mètres de large. Elle a deux gradins circulaires et deux retraites semi-circulaires, comme dans la première piscine, sur son côté occidental. Ces retraites ont 1m55 de hauteur et leur extrémité supérieure est garnie d'un magnifique dallage de marbre blanc, dans lequel ont été soudées, avec du plomb, des tiges de fer assez fortes qui devaient supporter des tentures.

Ces trois piscines reposent sur des murs de maçonnerie, supportant une sorte de voûte ou plafond en béton constituant le sol même des bassins. Des portes à montant de marbre blanc facilitaient la communication entre les diverses pièces des Thermes et l'on voit encore des divisions qui devaient former autrefois des cabinets permettant aux baigneurs de s'y habiller et d'y déposer leurs vêtements. Des canaux servant à amener l'eau des sources courent le long des piscines.

Séparées par un mur épais des piscines et sur une ligne parallèle, on voit une série de chambres de dimensions différentes qui formaient les *hypocautes* ou fourneaux souterrains, qui chauffaient les bains ou fournissaient dans les Thermes romains l'air chaud.

Les tuyaux des cheminées sont noircis par la fumée et incrustés de suie. Tous ces divers corps de bâtiments devaient être primitivement couverts de voûtes à mosaïques variées, comme l'indiquent les débris trouvés. Ces mosaïques formaient de petits cubes de marbres et de verres de diverses couleurs. Enfin, le long des piscines et de leurs galeries, se dressaient des entablements de marbre blanc avec frises et soubassements sculptés et ornés de moulures. En dehors des marbres et des mosaïques, on a trouvé une grande quantité de fragments de vases en terre et en verre et des médailles ou pièces de monnaie à l'effigie des Antonins.

Nous sommes donc bien, à Royat, en présence des célèbres thermes d'Augusto-Nemetum (Clermont).

Les invasions des Barbares ont fait disparaître ces splendides constructions ; mais les vestiges dont nous venons de parler suffisent pour montrer le degré de perfection atteint par les Romains dans leurs installations balnéaires.

L'établissement thermal actuel de Royat ne le cède en rien aux thermes romains. Construit sur les plans d'un architecte habile, il fut inauguré en 1853, et rien n'a été négligé, depuis, pour en faire l'un des plus complets et des mieux installés de France et même de l'étranger. L'ensemble en est gracieux et correct. L'établissement se compose d'un corps principal et de deux galeries latérales terminées chacune par un pavillon. Des colonnes, taillées dans cette lave de volcan d'un grain si fin et si résistant et surmontées de statues allégoriques, encadrent l'entrée monumentale formant trois divisions surmontées chacune par un fronton.

La prospérité toujours croissante de Royat nécessita en peu de temps de sérieuses améliorations, exécutées depuis 1876 par la société concessionnaire qui s'organisa alors sous le nom de *Compagnie générale des eaux minérales de Royat*.

La nouvelle compagnie, dit M. Félix Ribeyre dans son *Guide pittoresque, Royat illustré*, pour réunir dans la même main l'ensemble des richesses hydrologiques de la station, commença par s'assurer la propriété des sources indépendantes de celles de l'établissement et c'est dans ce but qn'elle acquit les Bains de César, la source Saint-Victor et la source Saint-Mart. Elle acheta en outre des terrains pour agrandir le parc, qui fut dessiné de nouveau et transformé par des plantations variées. Le casino fut aussi remanié de manière à offrir une salle de spectacle, des salons de jeux, de lecture et des salles de restauration.

L'application médicale des eaux donna lieu aussi à des perfectionnements importants. Les salles d'aspiration furent établies en double, soit deux salles pour les dames et deux salles pour les hommes et l'eau administrée en vapeur fut l'objet d'études spéciales. On peut dire que nulle part cette branche de la médication thermale n'est aussi parfaite. Les appareils de pulvérisation notamment sont aussi nombreux que perfectionnés.

Les bains et douches de gaz acide carbonique, qui rendent de si grands services à Royat, furent installés conformément aux plus récentes indications scientifiques.

La Compagnie nouvelle s'occupa aussi avec sollicitude de l'organisation des grandes douches, qu'elle administre aujourd'hui à la température rigoureusement prescrite. Enfin, elle compléta ces utiles réformes par la création d'une nouvelle galerie, réservée aux dames, la galerie Allard, d'un nouveau service hydrothérapique et d'un gymnase médical, ce précieux auxiliaire du traitement suivi à Royat.

Quand on pénètre dans l'intérieur de l'établissement, qui comprend 115 baignoires, on se trouve dans un vestibule formé de trois nefs à plein cintre et éclairé par de hautes verrières polychromes.

Les deux grandes galeries de bains s'ouvrent sous le vestibule. Elles renferment chacune 25 cabinets dont un double avec deux baignoires. Ces cabinets, revêtus de grès céramiques, sont pourvus de baignoires en lave de Volvic, à demi noyées dans le sol, pour en rendre l'accès plus facile. Les filles de bains, chargées du service dans la galerie des dames, portent un gracieux costume campagnard, composé du bonnet bergère orné de larges rubans roses, d'une robe avec rayures grises et roses, livrée de l'établissement, et d'un tablier blanc avec l'initiale R (Royat).

Dans chaque galerie, il existe une lingerie-chauffoire, bien que les médecins conseillent plutôt le linge froid. Mais il faut tenir compte des préférences des baigneurs et surtout des baigneuses.

Les services des pulvérisations et petites douches sont installés, nous l'avons dit, dans les deux pavillons faisant suite aux galeries des bains. C'est là aussi que se trouvent les bains et douches de gaz acide carbonique. Ces bains se prennent dans des appareils fermés, comme les bains de vapeur.

Dans le vestibule, deux escaliers conduisent, celui de droite aux salles d'aspiration et aux douches de vapeur pour hommes, celui de gauche au service des bains de vapeur et douches de vapeur pour les dames.

Les salles d'aspiration pour dames sont situées au-dessous des salles d'aspiration pour hommes ; on y accède par des escaliers placés à droite et à gauche du bureau installé dans le vestibule.

A droite de ces salles d'aspiration s'étend la galerie des grandes douches chaudes, avec six cabines pour dames et six cabines pour hommes. On prend les douches avant ou après le bain.

Dans le prolongement existe la galerie nouvelle avec baignoires en fonte émaillée, et il suffit de franchir une porte pour se trouver dans la grande piscine qui est le bain de luxe de la station.

La piscine forme un vaste bassin rectangulaire, dans lequel on peut se livrer à tous les exercices de la natation.

Cette piscine, directement alimentée par la source Eugénie, offre un bain des plus agréables et en même temps des plus fortifiants. C'est le bain généralement recommandé aux personnes affaiblies et aux en-fants débiles, qui, tout en soignant leur santé, peuvent apprendre l'art de la natation sous la direction d'un professeur spécial. La salle de la piscine représente un vaste hall éclairé latéralement et entouré de cabinets-vestiaires. C'est une des installations les plus grandioses sous ce rapport et peu de baigneurs quittent la station sans en avoir apprécié les avantages.

La galerie Allard forme le prolongement de la grande galerie des dames. Cette galerie a reçu le nom d'un médecin distingué, qui a beaucoup contribué à l'essor de la station.

C'est là que se trouve le gymnase, qui complète

l'ensemble des installations balnéaires de Royat. Il est muni de tous les appareils de gymnastique médicale et hygiénique, propres à favoriser les effets des eaux. On y a joint un cabinet de massage, un appareil orthopédique, un service hydrothérapique et un cours d'escrime. Des professeurs des deux sexes dirigent les exercices après lesquels on peut prendre soit une douche froide, soit un bain dans une baignoire ou dans la piscine.

Il est encore une autre installation annexe du grand établissement thermal qui mérite d'être signalée, c'est le pavillon d'hydrothérapie, divisé en deux parties, l'une pour les dames, l'autre pour les hommes. Ce genre de traitement, si à la mode de nos jours, est établi à Royat dans des conditions aussi parfaites que possible. L'eau employée est dans les meilleures conditions de température et elle est administrée sous toutes les formes préconisées par les praticiens les plus compétents. Chaque partie de l'hydrothérapie comprend les douches froides et chaudes, en jet, en pluie, en cercle, en arrosoir. Citons encore, dans le même service, les bains de siège à l'eau minérale et à l'eau douce, les douches ascendantes et les bains d'eau douce.

On voit que rien ne manque à cet établissement, puissamment outillé, pour répondre à tous les besoins d'une clientèle qui s'accroît de jour en jour et qui vient de tous les points du globe.

Les eaux de Royat appartiennent à la classe des eaux bicarbonatés mixtes, chlorurées-sodiques, lithinées, ferrugineuses et arsenicales. Ce sont des eaux alcalines toniques et reconstituantes. Elles présentent une triple indication dans le traitement :

1º Des maladies dites de misère physiologique : anémie, chlorose, névroses, affections utérines consécutives,
diabète et diabétides;

2º De l'arthritisme (goutte et rhumatisme, affections
cutanées des arthritiques), principalement de *l'arthritisme viscéral* des sujets anémiques ;

3º Des maladies des voies respiratoires des arthritiques
et des anémiques (asthme, bronchites, pharyngo-laryn-
gites, catarrhes).

La situation tout à fait particulière de Royat au fond
d'une vallée abritée assure à cette station une constance
de température éminemment favorable aux malades.
Dès la fin du mois de mai, les traitements peuvent être
commencés avec grand avantage et, à la fin de septembre,
la saison est encore aussi bonne que pendant les mois
de juillet et d'août.

Royat présente donc cette particularité d'offrir chaque
année à ses malades une longue période d'au moins
quatre mois, pendant laquelle ils peuvent indistinctement
choisir le moment qui concorde le mieux avec leurs
désirs, leurs besoins ou leurs intérêts.

Quatre sources : EUGÉNIE, CÉSAR, SAINT-MART, SAINT-
VICTOR, composent la richesse hydrologique de Royat.

Leur rendement est de 1,521,500 litres dans les
24 heures ; Eugénie débite à elle seule 1,440,000 litres.

En thèse générale, l'eau de Royat est claire, trans-
parente. Elle est inodore, d'une saveur aigrelette, salée,
ferrugineuse, légèrement alcaline, tiède à la bouche,
sans goût désagréable. Par l'heureuse association des
principes toniques, réparateurs par excellence (fer,

arsenic, chlorures, phosphates, etc.), elle appartient à cette classe privilégiée que le savant et regretté professeur de la faculté de Paris, Gubler, appelle : LA LYMPHE MINÉRALE, parce qu'elle contient tous les principes qui entrent dans la composition de la lymphe plastique, du sérum du sang.

L'importante quantité de *Lithine* qu'elle contient explique en grande partie (dans la source Saint-Mart surtout) son action importante contre la goutte et le rhumatisme.

L'heureuse association de cette précieuse substance avec l'arsenic dans la source Saint-Victor font de cette eau un spécifique précieux contre le diabète.

» L'action physiologique des eaux de Royat, prise à l'intérieur, consiste à augmenter l'appétit, à faciliter la digestion et à stimuler l'estomac (Rotureau) ».

Le premier effet que l'on ressent, lorsque l'on plonge la main dans un bain d'eau de Royat, est un léger picotement sur toute la partie immergée. La peau se couvre de petites perles de gaz acide carbonique, elle rougit. Si l'expérience continue, l'effet anesthésique se déclare. Donc : *très court, le bain de Royat est excitant ; prolongé, il devient calmant.*

Disons enfin que l'eau de Royat est sans égale dans le traitement de l'anémie et des maladies diverses dont le point de départ est *l'arthritisme.*

Les principales affections traitées avec succès à Royat sont :

L'anémie, la chlorose, la goutte, la gravelle, le rhumatisme, les affections cutanées, les affections nerveuses et utérines, celles des voies digestives et des

voies respiratoires, les maladies de misère physiologique (diabète et albuminurie).

Royat est par la tradition, son climat, la composition chimique de ses eaux, par ses méthodes de
traitement et par l'expérience clinique de chaque année, indiqué dans la thérapeutique des maladies des
voies respiratoires, d'origine arthritique ou catarrhale,

surtout quand les individus
qui en sont atteints présentent en même temps de l'anémie
générale.

Ses eaux ont une action sédative anticon-
gestive et résolutive sur tout processus inflammatoire
des organes de la respiration.

Par son altitude moyenne (450 mètres), cette station

n'expose pas les malades qui y séjournent à ces variations atmosphériques, subites et à ces brusques refroidissements qui leur sont si funestes.

Parmi les embellissements qu'a reçus Royat dans ces dernières années, le Parc de l'établissement mérite une mention spéciale. Il présente une superficie considérable, agrandie encore, grâce aux nombreux points de vue ménagés par une habile distribution. Le Parc de Royat s'étend sur un des flancs de la vallée, et le dessinateur a profité des ondulations de terrain pour varier les aspects, adoucir les rampes, mettre en valeur les parties planes. Cette promenade ravissante est plantée de toutes les essences **régionales** et ornée de massifs et de bordures du plus séduisant effet.

C'est au milieu de cette puissante végétation qu'est installé le Pavillon de la source Eugénie. En face, le promeneur trouve les grands chalets où il va faire provision de journaux et, à travers les méandres de ce jardin admirable, il arrive près du kiosque de la musique où un orchestre d'élite, habilement dirigé, fait entendre, sous un dôme de verdure, les morceaux d'un répertoire choisi. Veut-on se rafraîchir? on trouve, à quelques pas, la terrasse de la restauration, d'où le regard émerveillé embrasse la vue des coteaux du Puy-Chateix, tandis qu'au premier plan, s'étale le charmant petit parterre circulaire d'où l'on entend le bruit de la cascade formée par la Tiretaine.

A côté de la restauration, on a ménagé, sous de grands ombrages, un terrain pour le jeu de croquet.

Le Casino, transformé par l'administration actuelle, renferme un rez-de-chaussée sur le parc, avec terrasse servant à la restauration. Les salons de jeu et la salle de spectacle sont de plain-pied à l'opposé des allées du parc. A l'entresol, sont installés les salons de lecture et le cercle. Ce côté du Casino donne sur un rond-point formant terrasse et bordé d'élégants magasins. On y remarque, entre autres, le dôme algérien de la pharmacie de la station.

Les salons de jeu sont tenus, nous n'avons pas besoin de le dire, d'une façon très correcte. Sur la scène du théâtre, on joue la comédie et l'opéra comique.

Ne quittons pas le parc sans parler de l'embouteillage qui atteint à Royat des proportions considérables.

On est admis à le visiter avec une autorisation de l'administration.

Royat est donc une station privilégiée, favorisée par un climat excellent, un air vivifiant et pur, des panoramas splendides, des sites enchanteurs. Royat répond au point de vue de l'hygiène, de la thérapeutique, des plaisirs, à toutes les exigences : il est peu de stations thermales mieux servies par l'art et la nature.

Buyette de la source Eugénie.

𝕰𝖝𝖕é𝖉𝖎𝖙𝖎𝖔𝖓 𝖉𝖊𝖘 𝕰𝖆𝖚𝖝

Il n'existe que quatre sources d'eaux minérales à Royat, toutes quatre exploitées par la *Compagnie générale des eaux minérales de Royat.*

1º La grande source **Eugénie**, spécialement affectée aux bains, et dont l'énorme débit (1,000 litres par minute) permet d'alimenter tous les services de l'Établissement à eau courante à la température même de la source : 35 degrés centigrades.

2º Les sources **Saint-Mart, Saint-Victor,** plus spécialement prescrites par le corps médical pour l'usage à domicile et dont l'exploitation a pris un développement considérable.

PRIX DES EAUX EN CAISSE

Une caisse de 50 bouteilles	**30** »
— 30 —	**20** »

(franco en gare de Royat).

Paiement contre remboursement, ou, ce qui est moins onéreux, contre mandat-poste au nom de l'Administrateur-délégué de la *Compagnie des eaux de Royat.*

Administration, 5, rue Drouot

PARIS

IMPRIMERIE CENTRALE DES CHEMINS DE FER. — IMPRIMERIE CHAIX. — RUE BERGÈRE, 20.

www.ingramcontent.com/pod-product-compliance
Lightning Source LLC
Chambersburg PA
CBHW072359190626
46811CB00020B/2018